火事の原因

赤井田宗太郎《あかいだそうたろう》は二代目建築会社社長で、夫婦と息子、娘の四人家族、創業者である祖父の建てた風変わりな家屋に住んでいた。祖父は熱烈な古代史ファンだったとか、前方後円墳型の家を特注し、自分はガラス張りの円形部を書斎にして趣味を満喫した。当初は万華鏡を収集していたが、ガラス器に凝りだした。出窓に金魚鉢を置いて金魚を飼い、大机の左右に棚を設《しつら》え、高価なコップ類を並べ、江戸切子や薩摩ギヤマン、ベネチアングラスにまで及んだ。七年前に亡くなった祖父は食事の折など、若い頃、交通事故やら大病に大失恋を経験して暗鬱な青春そのものだったから、とかく華やかできらびやかな物を好むのだろうと述懐したものだった。

或る年の夏のこと、赤井田家は原因不明の火事に遭い全焼、脚の不自由な宗太郎だけが逃げ遅れて焼死した。早速、捜査の手が入り、父と息子の不仲説が浮上、息子の雅夫《まさお》による放火殺人が疑われた。警察消防は、雅夫が高校時代から不良仲間に加わり、父親から常日頃から説教され、いがみあっていた事実を摑んだのだ。

雅夫にすればまったく身に覚えのないこと、むろん全面否定し続けた。その確たる証拠が見いだせないまま、当局は漏電その他、能う限りの原因を探り始めた。半年ほどして、管轄消防署の牧野署長が現れ、遺族を集めて、書斎内部の詳細を根掘り葉掘り聞き出し、何やら図示し始めた。

と、署長は人差し指で絵図をなぞりつつ、

―これだ、ここだよ。

と断定した。みんながのぞき込むと、彼は語気を強めた。

―太陽光線はガラス窓からこう入ってくる。ここにガラス製品やら金魚鉢がある。そして、ここにティッシュボックスやらダンボールがある。原因はこの三つの線からしか想定できないじゃないか！

飛んでけ、風船！

玄太《げんた》は一人っ子で、毎日さびしくてなりませんでした。お母さんはテニスとか気球のクラブにはいり、家を留守にすることが多かったのです。クラブのだれかと親しくなったとかで、お父さんとよく喧嘩をしていましたが、一年ほど前にとうとうお母さんは家をとびだしてしまったのです。お父さんに行き先をたずねても、湖の向こう側へ引っ越したのだろうと答えただけでした。

ある日、山にきれいな虹がかかりました。玄太はふと、あの虹の端っこにお母さんが待っているような気がしたのです。急いで自転車にとび乗り、そちらのほうへ走っていきました。でも、虹はいつのまにか消えて、小川のつつみにタンポポがいっぱい咲いているきりでした。

一週間もしないうちに、また虹がでました。その日も玄太は小川のほとりまで追いかけて行ったところ、仲良しの聡《さとる》くんが三人の子供らにいじめられていたのです。玄太は棒切れを振りまわしていじめっ子らを追っぱらってやりました。それから、泣きじゃくる聡くんをなぐさめているうちに、自分もつらいこと、いなくなったお母さんのことをうちあけずにいられなかったのです。

あくる日に学校に行きますと、聡くんはすぐ話しかけてきました。

―パパとママに玄ちゃんの悩みをしゃべったらね、手紙をつけた風船を飛ばせばいいと言ってたよ。

手紙の風船と聞いて玄太はびっくりしましたが、聡くんはそのことを担任の内田《うちだ》先生にももらしたらしいのです。

休み時間に先生がにっこりとして言うには、

―じゃぁ、玄太くん、お手紙をつけて風船を飛ばしてみようか、湖のほうにね。こいつは名案だぞ。

と応援してくれることになりました。そこで、紙きれにこんなメモを書いて、赤い風船にぶらさげることにしたのです。

「ぼくはお母さんをさがしています。お母さん（今井鈴子《いまいすずこ》）、ぼくに会いに来てください。お願いします。今井玄太より」

そよ風の吹く、晴れた日でした。放課後にクラスのみんなで湖の岸からその風船を飛ばしました。風船はいっせいに西の方《ほう》へ飛んでいきましたが、どこまでいったやらわかりません。それでも、玄太はだれかが風船を拾って、きっとお母さんに知らせてくれるにちがいないと信じたのです。

その後も、先生とみんなで風船を飛ばしてくれましたが、何の便りもありません。お父さんに湖の向こうまでつれていってほしいとせがんだのにきいれてくれませんでした。

くる日もくる日も、玄太は空を見あげたり、電話が鳴るのを待ちつづけました。聡くんの両親も心配して、ホタルを見につれていってくれたり、夏休みには湖へ泳ぎにつれていってくれたものです。近所の子供たちが家族と楽しそうに遊んでいる様子を見て、玄太はいっそううらやましく、さびしくなるばかりでした。

それでも、玄太はけっしてあきらめませんでした。お父さんからおこづかいをもらい、赤い風船を買ってきてはメモをくくりつけ、せっせと飛ばしたのです。お母さんの笑顔を思いうかべ、心の中で「飛んでけ風船、飛んでけ風船！」と呪文のようにつぶやきながら。

それは、聡くんの両親がお月見にさそってくれた三日後のことでした。家の前で聡くんたちとサッカーボールをけって遊んでいたところ、誰かが西の空に気球が浮かんでいるのに気づいたのです。

—あっ、あれ、こっちへくるぞ！

聡くんが指をさして叫び、はっとした玄太もその気球を見つめました。それはだんだん大きくなり、籠の中に四、五人のすがたも見えてきたのです。

そのとき、携帯電話がけたたましく鳴りだしました。玄太があわてて耳にあててみますと、

―玄太、お母さんだよ。ごめんね！　この気球が見える？　ほんとにごめんね！

という声がきこえてきたのです。

―あっ、お母さんだ、お母さん！

と呼びかけるなり、玄太はいちもくさんに気球めがけて駆けだしていきました。

ハーモニカ爺さん

教員をしていた浜田研二《はまだけんじ》は定年となって、独り古民家へ引っ越した。先年、妻に癌で先立たれ、商社勤めの一人息子がポルトガルに赴任したことも重なり、昔から憧れていた夢を果たしたのである。運動不足を補うためもあって、晴れた日には、三十分の散歩は欠かせない。いつの間にか、淡竹林沿いの土手道から村境の農道を回ってくるルートに固まった。

或る春の日、静かで緑に包まれた堤の途中にある休憩所、といってもコンクリートの丸テーブルと、丸太の幹に見立てた四つの椅子が置かれてあるだけだが、そこに一人の老人がクロマチックハーモニカを巧みに吹いていた。思わず足を止め、聞き惚れてしまったが、その後もしばしば出くわすので世間話も交わすようになった。

どうやら脚が不自由なようで、それとなく聞き出した苛酷な人生とは…自分はかつて少年航空隊に入り、特攻隊に駆り出された。いざ出撃となり水盃を交わして飛び立った。ところが、敵艦に体当たりするよりも、同じ死ぬなら故郷に骨を埋めようと決意、勝手に逆戻りして故郷の上空を燃料の尽きるまで旋回、竹藪に墜落した。幸か不幸か、骨折と打撲だけで済み、村人に助けられ、今日まで生きながらえてしまった…。「聖書」に「罪深ければ恵みもまた」という章句を見つけて自らを鼓舞してきたのだが…。

―これは終身刑みたいなもんですよ。

彼は苦笑しながら続けた。…自分だけ卑怯な真似をしてしまった。南海の藻屑と化した仲間たちのことを思えば、眠れぬ幾夜に身をよじったこともある。せめて気晴らしにと手がけたハーモニカ、この場所がすこぶる気に入って、ここでリラックスするようになった。聞いてくれるのは小鳥と蛙だけ。お耳を汚すようで申し訳ない…と。

―そんなことないですよ。とてもお上手だし、私も音楽好きなもんでね、楽しみなんです。それにしても、よく耐えられましたねぇ。

浜田にすれば、相手が隣村に住んでいることだけで十分で、名前を聞くのも憚られた。ハーモニカ爺さんは童謡、唱歌、軍歌の類はもとより、比較的新しい曲もこなせたが、浜田のリクエスト曲は「月の砂漠」や「荒城の月」、生まれ育った湖国にちなむ「琵琶湖周航の歌」などだった。

お礼に何かと気にしていた矢先、秋風を実感する十月中頃、いつもの休憩所に爺さんの姿がなかったのである。テーブルの上には一枚の便箋に石置きがしてあって、サインペンで次のように記されていた。

「どうやら長すぎた刑期も終わりそうです。入院することになりました。拙いハーモニカを聴いていただいてありがとうございました」…。

狂った弦

D大学商学部四回生の青野茂利《あおのしげとし》は楽器メーカーへの就職を決めていながら、秋のリサイタルを控え、心穏やかではなかった。

彼は入学してすぐに憧れのバイオリンを買い、大学オーケストラに入部した。独習するつもりだったが、元々凝り性とはいえ、初心者がいくらなんでも無謀というべきだった。日頃の練習についていけないのを見かね、救いの手を差し伸べてくれたのが、第一バイオリンの宮内百合《みやうちゆり》だった。部の練習日に少しずつ教則本にのっとり手ほどきをしてくれ、彼自身も自宅で熱心に励んだお陰で、何とかごまかしながらも、第二バイオリンのパートに加えてもらえたのである。

百合は小学生の時分からバイオリン教室に通っていたとか、巧みに弾きこなし、しかも目立つほどの美貌だった。青野がたちまち惚れ込んだのは言うまでもない。他の部員にもライバルはおり、その一番は指揮者に抜擢された橋野剛介《はしのごうすけ》だった。百合の口から彼も惚れている事実を知らされたのだ。

橋野は同大学医学部卒の二枚目でフルート奏者だったとか、妻子ある身ながら、飲食に誘うなど何かにつけ百合にちょっかいをかけてくるという。容貌、地位、楽才、いずれの面でも劣る青野は到底、太刀打ちできるはずもなかった。一方、橋野と百合は好カップルに見えて、彼女にすればしつこく過ぎて有難迷惑だと漏らした。にわかには信じがたいのだが、二人の際どい秘め事を漏らされる度に、青野が落ち込むと、彼女はパッヘルベルの「カノン」を弾いて慰めてくれたりする。一体、彼女はどういうつもりなのか、真面目でやさしそうに接してくれる百合という女はこちらをたぶらかしているのか、内面は夜叉なのか、彼の懊悩は日毎に募るばかりだった。

リサイタル当日、青野は悲壮な決意を固めて舞台に臨んだ。演目はベートーベンの「エグモント序曲」の他、ラフマニノフの「ピアノ協奏曲第二番」、ドボルザークの「交響曲第九番・新世界より」。その「新世界」第二楽章で、静まり返った会場に有名な「家路」の主題メロディーがイングリッシュホルンでいとも優雅に流れ、続いてカルテットのように演奏される場面にさしかかった時である。突然、青野はバイオリン弦のE線とA線を、ミュートを外したまま高音で掻き弾きしたのである。一瞬、指揮棒は止まり、橋野は指揮台に頽《くずお》れてしまった…。

瀬音

町田等《まちだひとし》が玩具メーカーに就職したのは、兄弟姉妹七人で育ったせいか、子供好きの一面もあったからだ。ところが皮肉なことに、縁談に恵まれなかった。自分が特別、面食いだとは意識していないのに、何度かの見合い話でも、たいてい先方から断られた。外貌が悪いのか、それとも警戒心が強いと見られるのかよく分からないのである。いつの間にかアルサロに通い、玄人相手の女遊びも覚えた。

同僚に川釣りファンがいて、誘われるまま渓流へ車で遠出するようになった。定宿とした「ひさごや」がとりわけ気に入ったのは、古びた囲炉裏端で、女将相手に気安く飲み食いできるからだ。好季には二、三人で行くこともあるし、独身の気楽さで秘かに一人で泊まることもあった。

定年で会社を辞めた六十代ともなれば、やはり体力に自信が持てなくて渓流釣りは諦めた。とはいえ、囲炉裏宿の味は忘れがたく、むしろそちらの方で楽しさや懐かしさがいや増してくるのだった。

或る年の紅葉真っ盛りの頃、予約なしで「ひさごや」を訪ねてみた。玄関に出てきたのは馴染みの女将ではなくうら若い別人で、にこやかに迎えてくれた。風呂から上がり、囲炉裏端で胡坐をかくと、瀬音がなんとも心地よい。人肌温めの地酒を頼めば、願ってもないことに女将は気を利かしてお酌をしてくれた。アマゴの塩焼きを突つきながら、おのずと釣りの話に及んだ。その昔、この宿に厄介になりイワナを追ったものだと偲ぶと、女将は、

―今は前ほども釣れなくなりましてねぇ、たいてい山のお客さんなんですよ。このお魚も養殖なんです。

と苦笑しながら酒を注ぐ。彼は溜息交じりに頷いていた。その夜は他に客はいないからと、女将はご返杯も受けるようになってから、次第にその顔が、当時独り者だったという元の女将に重なってくるのだった。町田も微酔に任せ、炉火を見つめては昔話を進めた。あの品の良い女将さんはどうしているのかと尋ねた。すると、女将は急にしんみりとして、……八年前に亡くなった。なんでも旅のお方、釣りの客だと思われる方と飲んで酔っぱらってしまい…私を身ごもって…子供が欲しかったらしいので…父親はどこでどうしているのやら…などと呟くように言う。

彼ははっとして火箸を放し、ぐい呑みを左手に持ち替え、ほくそ笑む女将の眼を見守ってしまった。彼女はしどけなく脚をずらし、

―ほろ酔い加減…お酒、ちょうだいね…。

ぐい呑みを口元に上げてみせた。辺りはしんとして、ひときわ瀬音が冴えてきた。

人造美人

神童の名をほしいままにしていた男は大学を出て九年後には、某ＡＩ会社の重役に納まった。痼癖があって結婚もせず、三人の美女、それも人造人間を侍《はべ》らせた。当初は四人お互い仲睦まじく、男は三人を公平に愛で慈しんでいた。夜毎、彼は相手の女をとり替え、淫靡悦楽の限りを尽くした。

或る朝のこと、目覚めた男は一物《いちもつ》が無くなっているのに驚愕した。すぐさま自社のチャット機で、肝心の一物がどうなったのか調べてみた。すると画面に、何者かが局所を切り取り、すでに生ゴミとして廃棄されていると出た。眠ったところで、女の誰かに麻酔をかけられ、嫉妬狂いの事件だろうと踏んだ男はその旨、警察にも届けておいた。

一方で男は三人の美女を呼び集め、かくかくしかじかだと訴えた。これに対し、彼女らはまったく身に覚えがないと口をとがらせるばかり。各々急ぎ自室に戻り、犯人は誰なのか、嘘つきは、とチャット機のボタンを押し続けたのだった。だが奇妙なことに、Ａの機械にはＣ、Ｂのそれには Ａ、Ｃのそれには Ｂ、と答えが表示された。彼女らの報告を聞くや癇癪を起こした男は、三台の機械の示す通りに犯人を殺せ、との指示ボタンを押してしまった。

その後、彼は隠棲を表明して退職し、高地の別荘に引き籠ったという。

小蜘蛛《こぐも》

卓司《たくじ》はT字型のスタンドを点け、籐箱に収めた書簡類を整理していた。大半は廃棄できるものと予想していたのに、いざ再読してみると、なかなか決断できないのだった。箱の底に三本葉の松を見つけた。（ああ、永観堂で…）と吐息つき、科原多見子《しのはらたみこ》の美貌を想い浮かべた。

松の葉をスタンドの光線に当て、ひねくり回してみた。と、その笠のあたりに何か微小な、チラチラするものが眼についた。それは一ミリほどの蜘蛛、それも赤い蜘蛛だった。今までに見たこともないので、そいつの動きに引き付けられた。せわしなく器用に肢を操り、笠と支柱の間にほぼ三角形の巣をかけようとしているところだった。

多見子とは読書会で知り合った。当時、出版販売会社の定年直前にして、卓司はお互いの不貞騒ぎで妻子とも離別し、無聊を読書三昧に充てていたのである。彼女は毎月、和服姿で現れ目立つ女人だったが、いつしか終了後、喫茶店で文学や旅行話を交わすようになった。彼女が人妻と知ってはいたものの、立ち入ったことなど敢えて聞かないことにしていた。或る時、観楓も兼ねて、嵐電で鞍馬寺か、見返り阿弥陀如来のある永観堂に行きたいと言いだしたので、遊び心を刺激され、永観堂の方を訪ねた。こちらを見返る仏像の眼差しは何となく気になった。回廊を巡っていて、彼女がこの寺には三本葉の松があると か、せめて記念にと言う。彼は勇んで欄干から庭に飛び降り、それを探し出して渡した。その夜は先斗町で美酒にも酔い、一夜を共にした。それから一年ばかりして、彼女から封書が届き、その三本葉が収められていたのである。さる事情が生じ、遠地へ転居した、とだけ記されていた。

赤い小蜘蛛は絶え間なく巣作りに励んだ。その執心ぶり、熱意のほどが彼の深奥を搏った。自分の仕事にも家庭にも、何事にも打ち込めない軽薄さ、いい加減さを思い知らされた。この微小な生き物にさえ負けているのではないかと悔しい気がした。それがために、悪戯心に煽られて、ボールペンの先で突ついては、ちょっとした愉快を覚えた。糸が切られても、蜘蛛はめげずにせっせと働き続けた。彼はその健気な雄姿をスマホに撮っておこうとしたけれども、相手が小さすぎて写るはずもないと気づくと、今度は天眼鏡でもっと仔細に観ておきたくなった。ところが、机の引き出しに見当たらず、ダイニングキッチンのテレビ台の中かと思い出した。書斎に戻ってみると、小蜘蛛はどこにも見いだせなかった。

あれは何かの化身だったのか、音信だったのか……彼は気になってたまらなくなり、永観堂で見返った阿弥陀仏、迷妄の闇を照らす慈悲の光といわれる阿弥陀のことについて、図書館でも調べ、仏教を真剣に学び始めたのはそれ以降だった。

蔵の中

毎年正月三日に一人旅という贅沢を、役所勤めの筧《かけい》はとりわけ楽しみにしていた。妻子の方は実家に帰り、さほど不服でもないらしかった。その年は信州の小さな城下町を訪ねた。低山に城を構え、両側に清流が流れていて、川が山城を挟んだような佇まいだった。

山間の城下町といっても、冬場のこと、彼にこれといって目当てがあるわけではなかった。夕刻に着いたG駅前でタクシーを拾い、宿は運転手に任せた。川沿いのこぢんまりした和風旅館で、入浴食事後は、街中へ出て路地裏で飲むのが彼の流儀なのである。タクシーを呼んで運転手に問いかけると、名物の蕎麦屋がいい、そこなら地酒も出すからと勧めてくれた。

街の中心部に由緒めいた春日井橋がかかり、その傍らに蕎麦屋の「鶴亀屋」がある。縄暖簾を分けて店内に入れば、さっと眼鏡が曇った。好物の鴨南蛮を啜っていた処、隣に男、五十がらみで半ば頭の禿げた男が座って、しんみりと燗酒を飲みだした。一飲みする度に頷く、その飲みっぷりで酒好きと分かる。筧も地酒を注文して、人恋しの念から夏の鮎漁について話しかけた。

寒豆腐や鮴《ごり》の佃煮をアテにして酌み交わし、二人はたちまち意気投合したかのように相槌を打ち合うのだった。男は気さくな口調で、地元の大鮎を自慢し、難儀な家族を抱えていることまで打ち明けた。筧の方は女房をほったらかしにして正月留守にするなんて罰当たりだなどと自嘲した。別段相手に合わせているわけではないのだが、微酔に対話で味付けしたかったのだろう。男は近くに住むタクシー運転手で店の常連客、酔うほどに八の字眉が下がってくるようだった。一方、筧もすこぶる上機嫌で饒舌となり、この町は以前から憧れていた名所、清酒も湧き水も夏祭りも天下一だと、お世辞たっぷりに褒め上げた。「鶴亀屋」を出た途端、二人共少々よろめいて、腕を支え合いながら川沿いの道を上り始めた。すると男は立ち止まり、

―うちはすぐそこやから、ちょっと休んでいきなよ。

と、酒臭い息を吐き、筧の腕を引っ張り苦笑するのだった。道々、宿に電話せねばとか、番号が分からないのかとか、小便がしたいとか、お互い呂律の怪しげな言葉で返しつつ、いつの間にやら筧は男の自宅に連れこまれていた。

筧がふと気がついてみれば、石油ストーブの傍らで布団に横たわっていて、男がパジャマ姿のまま、水を入れたコップを手にしていた。それから筧の眼を覗き込み、咬んで言い含めるように、

―のぉ、ええか、うちのやつをやったらあかんぞ。

胡乱《うろん》な眼で筧が首を傾げたのでもう一度、

―のぉ、ええか、家の蔵、蔵の中覗いたらあかんぞ。

蛍光灯が消されて、せせらぎの音が夜陰に冴えてきた。

湾《わん》処《ど》

私はさる金融機関に勤めて五年後に職場結婚し、川辺のマンションに新居を構えた。好きな釣りを楽しみたいためでもあった。当初は野鯉とか草魚という大物を狙って、本流で団子を餌にリール釣りを試みたが、一向に釣果なく断念。次は小物に転じ、ワンドで浮子釣りに挑んだ。そこは葦に囲まれ、入江となった波静かな所、釣本をかじってみて、ワンドの漢字が湾処だと知った。

釣具店で買える赤虫の餌を使えば、小物の小鮒やモロコが釣れる。娘が幼稚園に通う頃、湾処に連れて行ったが、じっとしているのに耐えられないのか、すぐに帰ると言い出した。誰が設《しつら》えたものやら、所々に釣り台があって、朝の早い者勝ちで奪い合いになるのだった。

それは春分過ぎの、よく晴れた日の話。モロコ狙いで、日曜日の午前六時半に家を出、湾処に行ってみた処、既に釣り台は占拠されていた。やむなく支流に折れて、手頃な釣り座を見つけた。立ったままで小一時間ばかり、モロコ三匹釣り上げた。とそこへ、十メートルほど離れた上手《かみて》で、何度か見かけたことのある青年が竿を出し始めた。脚が不自由で、いつも橙色のキャップをややあみだに被り、あるかなきかの笑みを湛えているのですぐに知れた。

それとなく彼の挙動を気にしながら、こまめに餌を取り替え、竿を操っていた。彼は準備忘りなく小型のパイプ椅子を持ってきているのだが、足場が悪く何となく座り辛そうだった。彼の方に釣れている様子はなく、こちらも足がだるくなって後方の斜面に腰を下ろした。

タバコを吹かし、ぼんやりと対岸の子供たちや彼の釣り姿を見ていた。と、座りなおそうとしてバランスを崩したのか、彼は川辺りへずり落ちてしまった。すわっと私は駆け寄り、彼の腕を摑んで「大丈夫ですか」と声をかけながら引っ張り上げようとした。キャップや竿もパイプ椅子もすっ飛び、彼の腋の下に両手を差し入れようとした時、彼は「いや！」と呻くような声を発して、こちらの手を強く払いのけようとしたのだ。私は一瞬たじろぎ、身を硬くしてしまった。なんとか彼は手足を捩るようにして地面に這い上がっても、あのあるかなきかの笑みは失せないままであった。

夕食時、ビールを呷りつつ、その出来事は余りにも意外だ、と妻に語った。黙って聞いていた妻はぽつりと、

―余計なお世話だったかも……。

サプライズ

私のお父さんはどういうわけかお母さんと別れて、一人で私を育ててくれました。お母さんがいないうえに、一人っ子で何かとさみしい思いをしていたせいか、キヨちゃんとはとくべつ仲良くしていたのです。あとでわかったことですが、うちのお父さんとキヨちゃんのお父さんとは学校で先輩後輩にあたるとか。それでよけいに親しくなったのだと思います。

でも、二つわからないことがありました。お父さんはどうしてお母さんと別れてしまったのかとたずねたことがあります。すると、お父さんはものごとによって、知らないほうがいい場合がある、いずれわかるときがくるよ、というのです。それと、どういうお仕事をしているのかも答えてくれず、苦笑いするだけでした。ひとから聞かれても答えられません。キヨちゃんのお父さんはビルのオーナーでお金持ちみたい、りっぱなマンションに住んでいるのに、こちらは木造の文化アパートなのでひけめを感じるやら、うらやましいやら。

私はお父さんが毎日お料理を作ってくれますし、お金のことも、それはそれは大変だとわかっています。ですから、ちょっとしたお買い物とか、お洗濯やお掃除ぐらいは手伝っているのです。うれしいことに、キヨちゃんのご両親はあんな話、こんな話もよく聞いて

料金受取人払郵便

新宿局承認

2523

差出有効期間
2025年3月
31日まで
（切手不要）

郵便はがき

1 6 0-8 7 9 1

141

東京都新宿区新宿1－10－1

(株)文芸社

愛読者カード係 行

ふりがな お名前		明治 大正 昭和 平成 年生 歳
ふりがな ご住所	□□□-□□□□	性別 男・女
お電話 番号	（書籍ご注文の際に必要です）	ご職業
E-mail		
ご購読雑誌(複数可)		ご購読新聞 新聞

最近読んでおもしろかった本や今後、とりあげてほしいテーマをお教えください。

ご自分の研究成果や経験、お考え等を出版してみたいというお気持ちはありますか。

ある　ない　内容・テーマ（　　　）

現在完成した作品をお持ちですか。

ある　ない　ジャンル・原稿量（　　　）

書　名				
お買上書　店	都道府県	市区郡	書店名	書店
			ご購入日	年　月　日

本書をどこでお知りになりましたか?

1.書店店頭　2.知人にすすめられて　3.インターネット(サイト名　　)

4.DMハガキ　5.広告、記事を見て(新聞、雑誌名　　)

上の質問に関連して、ご購入の決め手となったのは?

1.タイトル　2.著者　3.内容　4.カバーデザイン　5.帯

その他ご自由にお書きください。

(　　)

本書についてのご意見、ご感想をお聞かせください。

①内容について

②カバー、タイトル、帯について

弊社Webサイトからもご意見、ご感想をお寄せいただけます。

ご協力ありがとうございました。

※お寄せいただいたご意見、ご感想は新聞広告等で匿名にて使わせていただくことがあります。

※お客様の個人情報は、小社からの連絡のみに使用します。社外に提供することは一切ありません。

■書籍のご注文は、お近くの書店または、ブックサービス(0120-29-9625)、セブンネットショッピング(http://7net.omni7.jp/)にお申し込み下さい。

くれて、私のことを「べっぴんさん、かしこいべっぴんさんだから、おとうさんのこと助けてあげてね」などと言ってくれました。大人になれば女優さんにでもなって、お父さんのためにきっと一戸だての家をたてるつもりです。

ところで、お父さんは毎年、私の誕生日にはプレゼントしてくれました。お母さんがいたころに、お雛飾りを買ってくれたのですが、そのほか、お人形やら大きなリボン、オルゴール、チョコレート、イチゴケーキ、まんじゅうなど数えきれません。来年は私も中学生、お父さんは今年で五十になるはずです。ふと思いついたのですが、大好きなおとうさんの誕生日に、何かビックリさせるようなことをやりたくなったのです。でも、貯金もお小遣いも少ないので高いものは買えません。いくら考えても思いつかないのです。キヨちゃんをつかまえて、二人であああでもない、こうでもないと意見をだしあいました。それでも決められないので、キヨちゃんは帰ってお父さんに考えてもらおうと、ていあんしてくれたのです。

お父さんの誕生日となり、サプライズイベントはキヨちゃんのお父さんの計画通りにすることにしました。準備はととのえておくから大丈夫だとか、くわしいことはわからず、メモに従ったままでです。

私とキヨちゃんはとあるビルの十二階にたいきするようにといわれました。どうやらお父さんはここで働いているらしいのです。午後三時ごろ、かいぎしつみたいな部屋に入れてもらい、私とキヨちゃんは一日かかって作ったポスターを広げ、両はしを持って窓の外にむけておくようにと書いてありました。どうしてそんなことをするのかさっぱりわかりませんでした。やがて大きな窓の上の方からガラス清掃のゴンドラがゆっくりとおりてきたのです。あっ、そこにヘルメットにマスク姿のお父さんがのっているではありませんか。二人はあわててポスターを揺らすと、こちらに気づいたお父さんはビックリした顔つきになり、てれくさそうに軍手をふって……。

そのポスターは特大の感謝状だったのです。

据え膳

　スナック「マドロス」のママはいつも明るく気前よく、常連さんの人気の的、女手一つで三人の息子を育て上げた。漁師の四女で集団就職して織物工場で働く内、同僚青年に求婚され、所帯を持ったまでは順風だった。ところが、案に相違して夫婦の相性悪く、おまけに夫は飲む、打つ、買うの三拍子、すぐさま離婚して水商売を転々とし、せっせと資金を貯めて下町に店を構えたのである。

　母親の苦労ぶりを見てきた息子たちは親孝行で、時には店の手伝いをしに来たり、友達や女連れで遊びに来たりすることがある。或る時、常連の独り者が芋焼酎で酔っ払い、ママに絡んできた。

―ママねぇ、わしがひとつ腑に落ちねえのはよう、息子さんたち、それぞれ顔が違うような気がしてしょうがねえのよ。どうしてだかわかんねぇの。ごめんな、こんなこと言っちまって…。

　一呼吸おいてから、ママはにんまり笑いかけながら、

―…据え膳食わぬは女の恥…。

―えっ、ママさんよ、それも言うなら男の恥やろが。

―何言うてんの、食べるのは女の方でしょ、フフッ。

―…。

漆《しっ》黒《こく》

世も平成に変わる頃、私が陶芸教室の仲間で、中堅商社の七年後輩に当たる轟恒夫《とどろきつねお》に手頃な山へ連れて行ってくれないかと無心したのは、常日頃、山男に憧れていたからだ。彼は高校時代から山岳部で鳴らしたベテランで、即座に快諾してくれた。ただし、山仲間の鳴滝《なるたき》君を誘いたいので悪しからずとのこと、もとより不服のあろうはずはなかった。

山行計画は無論のこと轟に一任した。目標は海抜千何メートルの何々山、三人は何線のA駅で合流する、彼の方に都合があって、麓でテント泊にするから、寝袋に山靴、懐中電灯だけは用意してほしい、テントや食料その他は鳴滝君と二人で何とかするとのこと。私は小学生の頃の、まるで遠足気分で、その日を待ちわびたものだった。

当日、集合場所のA駅に約束より半時間も前に着いた。間際の電車で到着した轟は大型ザックを背負い、笑いかけながら改札口に現れ、鳴滝君は急ぎのデザイン仕事があるため遅れる、二人で先にキャンプ地まで行こうと言う。曇天は残念などと語り合いながら、徒歩で二十分ばかりかかっただろうか、小川近くの雑木林に辿り着いた。彼は実に手際よくテントを張り終え、どこからか水を汲んできて、簡易コンロでインスタントコーヒーを淹れてくれた。四年ほど前に、彼は単独でここの山に登ったことがある、眺望は全方位だし、難易度は高くない、とか登頂話を交えた後、鳴滝君をA駅に迎えに行くから、待っててほしいと告げた。そして懐中電灯を持つなり出かけて行った。

　一人取り残された私は所在無げにテント周りをうろつく内に、辺りはすっかり暗くなった。テントに潜り、懐中電灯を点け座り込んで、トランジスターラジオでも持ってくればよかったと悔いた。時間が経つにつれて、暗闇と静寂の不安と恐ろしさが募ってきた。全く何の音もしない。外に出て電灯を消してみると、何らの光もない。これぞ真の闇だ。こんなことは初めての経験で、いたたまれなくなった。自作のぐい飲みにウイスキーを垂らし、ベストに忍ばせてきたチョコレートを舐めては、テントを出たり入ったり……。一体何時の電車なのか、遅れているのか……駅に向かう道の先に、灯りが見えてこないものかと次第に焦り始めた。テントの中では仰向けになれず、横臥して胎児の如くして息をひそめても長くもたない。たまらず闇の奥の、幽かな灯りを乞い求める有様、こんな体たらくでは到底、山男になれそうもないなと溜息をつくばかりだった。五感を研ぎ澄ませば、今にも獣か魑魅魍魎が迫りくる幻覚に怯え、叢《くさむら》に蛇の眼が光るのではないかと恐れた。どうかすると、冴えきった琴の音が聞こえたような気もした。夜空を仰ぎ見ても、月影も星影もない。どうか早く戻ってきてほしい、早く早くと、思わず大声で叫びそうになった。

　どれぐらい経っただろうか、懐中電灯を握りしめ、漆黒の彼方を見詰め続けていると、闇の中から二つの小さな灯が浮かび出た。その一つが大きくゆっくりと回っている。ほっと吐息つき、こちらも力一杯灯《ひ》を振り回した。

川遊びごっこ

中学生になった智也《ともや》はその年の夏休みも、A島にある親戚の家に逗留した。母の実家で、祖父に叔母や従兄弟妹たちがいて、当時は牛も山羊も鶏も飼っていた。田舎での楽しみは何と言っても白米と昆虫捕りと川遊びだ。もう一つ加えるなら、火床の火炊きだった。

朝食には決まって白米に味噌汁、糠漬物が出た。いずれも都会では味わったことのない旨さで、とりわけ胡瓜と茄子、茄子の青紫色が鮮やかだった。猛暑のさ中、蟬にキリギリス、ヤンマ捕りもすぐに飽きてしまい、最後はやはり小川に行ってしまう。清流で小石の間に潜む小蟹やドンコを追い、水浴びにかまけたりした。智也は火床でする竃炊きも好きで、なぜか木切れや麦藁の燃える火色に惹かれるのだった。

父親は中国で戦死しており、母親が病弱のためか、智也は学校の成績もよくしっかり者で、田舎に来てもガキ大将ぶりを発揮した。遊び相手はたいてい従妹弟たち、小学五年の千可《ちか》と三年の正孝《まさたか》だが、その日はどこで何々をして遊ぶぞ、とか予告しておいて意のままに従わせた。

八月の初め、暑苦しくてたまらないから水浴びにと、三人は藁屋根の家を出て、途中草花をむしり取りながら、いつもの小川へやって来た。すっ裸になって、水を掛け合いふざけ合った後、智也は神妙な顔付をして、

―俺はなぁ、将来医者になるんや。今からチリョウする。レンシュウに協力してくれたら、アイスキャンデーをおごってやるからな。

　彼は抜け目なく従兄の当市《とういち》と泥鰌《どじょう》を捕り、小遣い稼ぎをやっていたのだ。何をするのかといえば、相手を腹ばいにさせて、草葉を小さく丸め、尻の穴に入れるのである。そんなチリョウをお互いにやり合ってから、真面目くさった表情のまま、

―次に、泳ぎが上手になるレンシュウをする。

　そう宣言した智也は四つん這いになった千可の背後から、尻をもっと上げろと命じた。彼の後ろに正孝がついて、三人が浅瀬の中をぐるぐる回るのである。正孝は笑い出したが、千可は表情ひとつ変えず素直に従った。

　三人はチリョウとレンシュウを終えて帰宅してから、暑苦しさのあまり、いつも板の間に座布団とタオルを敷いて昼寝をすることにしていた。智也は団扇を煽ぎながら耳を澄ます。そして、町の方から、遠く微かな鐘の音を聴き取るや飛び起きて、

―あっ、アイスキャンデーが来るぞ！

孤島

Kは定年まで裁判所を勤めあげた後、最晩年に人生の寂寥と倦怠に見舞われていた。妻とは喧嘩別れしていて、二人の子供は外国でそれぞれ家庭をもった。おおよその悲喜劇は経験し尽くしたと思えた。大小の病の洗礼もうけ、独り暮らしを託《かこ》ちながらも、比較的平穏な日々に終始していた。

旅行でもといっても、国の内外を問わず目ぼしい観光地は行ってしまった。ただ一つ、どこか離島で清らかな海水に満身を浸してみたいという一念が淀んでいた。今まで厄介な仕事に加え、何かと苦労が多かっただけに、やみがたい浄化願望が潜んでいたのだ。

彼は山ではなく海に、それも遥かに遠い南海に唯一のフロンティアを夢見た。そこで、若い時分からのやり方、古地図とか外国地図を広げ、ここぞと直感で見当をつけ、旅程を組んでみた。太平洋のど真ん中、名も知らぬ小島を訪ねていくことにして、久しぶりにいささかの興奮を覚えた。

観光会社に頼らずに、自力でルートと交通手段を定めた。かくして彼は飛行機と連絡船を何度か乗り継ぎ、ようやく目的の孤島に辿り着いた。よく晴れた日で、こぢんまりとした波止場に降りたのは四、五人きりだった。とりあえず簡素な宿屋にチェックイン、人通りもまばらなメインストリートを突き抜けて海辺に出た。眼前に彼の待ち望んでいた、コバルトブルーも色鮮やかな海が広がっていた。

木陰で水着に着替え、いざ沐浴に向かおうとして、ふと傍らの立て看板に気づいた。そこには髑髏マークが付され、英文で……X年に原爆実験が行われ、被害訴訟云々と記されてあった。

彼は深い溜息とともに、彼方の入道雲を仰ぎ見た。そして小石を拾うや、思いきり沖へ投げつけた、二度も三度も……。

三つの塚

昔々、都に世にも美しいお姫様が住んでいて、ひそかに或る男を飼いならしていました。男は貧しい家の生まれながら、手のいかつい、まれにみる美男子で、女は男を性の奴隷にしたのです。夜な夜な女は男の精を吸い尽くし、飽くことを知りませんでした。男はいわば男妾、暮らしだけは保障されていたのです。でも男は過淫によるためか、次第に痩せさらばえていき、情夫役が果たせなくなるや、女は近郊の小高い山へ男を追放したのです。

哀れな男は山中の掘っ立て小屋でとうとう息絶えてしまいました。そこへ修行中のお坊さんが通りがかり、村人の噂を聞きつけ懇ろに菩提を弔ってやったそうです。ところで、その十数年後のこと、お姫様はすっかり落ちぶれ、醜くやつれ果ててしまいました。男の死んだ跡に年がら野花を供えては読経し続け、その場で飢え死にし、その子もまた後を追ったとか……これがこのちっぽけな三つの塚にまつわる謂《いわ》れなのです。

残響音

目覚まし時計が鳴る。便所の戸が開く。食器が盛んに触れ合う音。水道の蛇口が閉まる。若夫婦の対話。テレビからアナウンサーの声。手洗い所で歯磨き。玄関の扉が閉まる。エンジンの音……。

セキセイインコが鳴く。車の警笛。階上からピアノのソナチネ……。

扉が開く。台所の水音。テレビでお笑いタレントの対話。スリッパが床を滑る。チャイムが鳴る。ガスコンロに点火音。コップにビールの音。シンクに水道水の落ちる音。夫婦の声。携帯電話の着信音。夫婦が罵り合う声。小皿が割れる。空咳。テレビの音が消える。……車の行き交う雑音。寝室のドアが閉まる。深夜ラジオでムード音楽。喘ぎ啼く夫婦。ティッシュペーパーの……。シャワーの音。囁き声。微震。ピーポー、ピーポー……。無音。

真夜中のようだが、息弾ませてどこかへ向け走っていた。やがて眼の前に二本の橋が現れた。おかしいなと思う間もなく、足音もせず傍らに二、三人の女が寄り添ってくる。彼女らは薄笑いを浮かべたまま着物の裾をからげているのか、生白い脛がチラチラと見え隠れする。

―どうしたんだ、どっちへ行くんだ？

と声をかけるも返事がない。つと、眼鼻のない中年男が追い付いてきて、

―あそこだろ、飲みに行くんじゃないのかい？

などと訳知り顔で念押しをする。闇が一段と濃くなって、誰が誰やら判然としない。地上一メートルかそこらの中空を滑っているような感じなのだ。伴走していた女たちや見知らぬ男もいつの間にか失せてしまい、暗い、ほんとに暗い街衢《がいく》に入ってきた。

そうだ、もしかして聖女か聖母に会いに行くためじゃなかったのか、きっとそうだと気を取り直した。密集したバラック小屋が立ち並んでいるかと思えば、明々と照明ばかりが眩しい商店街の一角もあるのに通行人の姿が一人も見当たらない。奇妙な街だと怪しむばかりで、自分はいったい何処から来て何処へ行こうとしているのやらまるで見当がつかない。

と、そうだ、自分は誰かと或る場所で待ち合わせの約束をしているのかもしれない。たしか大学時代の友人か、あるいは十一年前まで勤めていた会計事務所の同僚のようだった。ところが、その約束場所をはっきり覚えておらず、漠然と喫茶店なのか飲み屋なのか、いや、どこかの駅の改札口だったような気がした。人のいない街をうろついていても埒が明かないなと、尚も進んでいった。前方に斜塔か、よじれて天上に向かっているので、さしずめ螺旋塔みたいな建物が迫ってきた。

驚いたことに、塔にとりついているのは全裸の男女ばかりで、塔の階段、それも螺旋状をなした非常階段を押し合いへし合いぬらぬらと上っていて、最上階から一人また一人と落下しているのだった。更に意外なのは、彼らの阿鼻叫喚、悲鳴とか叫び声など一切聞こえてこないし、地上に遺骸もない。無色無声の恐ろし気な映像だけがうごめいている。彼らは何に絶望して螺旋階段を上って行き詰まり、次々と墜落しているのかさっぱり分からない。まさか放射能汚染から？　なんとも痛ましい惨状なのだが、妙にあっけらかんとしている自分が佇んでいるばかりだ。

闇の裡で物体だけが浮かび上がって見えるのはなぜだろう。どこかに投光器でも据えられているのか。と、右手からむらむらと女子高生みたいな四、五人が駆け寄ってきて、微笑を含みながらてんでに、

―おっちゃんも行くの？

―行くんだったら急がなくちゃ。

などと声をかけてくるが、行先は告げない。

―君たち、どこへ行くんだよぉ？

と追いすがっても答えようとせず、小刻みに笑いを漏らすだけなのだ。そのうちの一人がこちらの腕をとり乳房を押し付けてきた。見れば、飛び切りの美少女なので、ガールフレンドにもってこいだな、いずれ密会してやろうと助平根性をひそませて手を握り更に進む。どうやらJ駅の方へ行くらしいので、てっきりコンパでもあるのだろうと予想する。それでも一体、どこの駅なのか思いつかず、美少女をぐいと引き寄せようとすれば、彼女は笑い声をあげて遠ざかり、いつのまにか他の女子高生も消えてしまった。

駅舎みたいな建物がぼんやりと闇の中に浮かび上がるが、どこの駅なのか見当もつかない。そこは巨大な駅なのか切符売り場がいくつも並んでいて、どこでどこまでの切符を買えばいいのかやきもきするばかり。雑踏に確か同郷の友人が「ここだ、ここだ」と手を振っている。よしと人混みをかきわけて近づこうとするがとにかく歩きづらい。あっちのホーム、こっちの階段を行き来するうち、再び暗い街衢の真ん中に入っていた。

そこへ様々な仮面をつけた人々の行列が湧き出してきた。奇観だ、奇景だと唸りつつ路地に迷い込んでしまい、古めかしい提灯屋に突き当たった。店の前の床几で禿げ上がったステテコ姿のおっさんが団扇片手ににやにやしている。

―何してるんですか？

と問えば、涼しい顔して、

―女を見てるんだ。

と言う。

―女を見てどうするんですか？

馬鹿げた質問を投げかけると、

―女見物もボケ防止なんだよ。お前さんは女の島へ行くんだろ、わっはっは！

と、大笑いする。「女の島か」と自問して、そいつも悪くないなと苦笑しつつ、自分はそのまま宙を飛ぶように進んだ。石地蔵のある奥まで来て、提灯の薄明かりに男女が抱き合っている姿態にびくりとする。女は病死した妻に似ている。向こうも不審げにこちらを振り向いてから顔を隠すと、どこやらで半鐘が鳴ったようだ。

わっとざんばら髪が膨れ上がり、

―火事だ、付け火、付け火だ！

とか、遠くの叫び声の合間に、

―138ミリシーベルト、逃げろ、逃げるんだ！

など喚く声が走り去った。なんとも不可解で恐ろしくなり、引き返そうにもまるで脚が動かない。もどかしく鼓動が激しくなる。大汗をかいたなと思う間もなく、さっきの駅と逆の方角へ向かっているようで苛々してくる。遠くから「まさと、まさと！」と自分の名前が呼ばれた気がして振り向いたけれども、白煙が渦巻いて視界を遮っている。あれは亡父の声か。父に連れて行ってもらった句会へ赴いているのかもしれない。だが、どうして夜更けに句会なんぞに行こうとしているのだ、飲み屋じゃなかったのか。すっかり迷路にはまりこんでしまった。

本当に誰かと飲みに行く約束をしたのか怪しくなってきた。またも振り出しに戻り、高校か大学時代の友人と久しぶりに飲もうと息が合ったらしいのだが、その点も覚束ない。どこやらの駅裏の飲み屋街に迷い込んだものの、前後の脈絡がちぐはぐになってしまい、闇雲に宙を飛んでいるのだ。

すると、靄に包まれた繋華街、敗戦後いつのまにかはびこったバラック小屋群の中へさまよい出たようだ。軒下に亡霊じみた女がしどけなく立っていて、黒ずんだスカートをたくし上げ男を誘っている。にたりにたりと笑う口が半分裂けている。片手を振ってから、あの螺旋階段はどこだったのかと振り返ると、葦簀張り屋台店に遠縁に当たる男や句友、自動車販売会社の同僚とか中学時代の、死んだはずの同級生らが談笑している。

彼らは何も喋らずににたにたして猪口を傾けているだけだ。馬鹿馬鹿しくなって、更に奥へと進む。自分はやはり句会へ行こうとしているのか。かと思えば、電車に乗って、或る駅までいかねばならないはずではと焦ってくる。肩にいつも掛けているショルダーバッグが無くて、おかしいなという思いをひきずったまま飛んでいる。実に速いが、風を感じない。

と、客がひしめき合っている大衆酒場から、一人の女が三角蒟蒻を掲げて手招きしているではないか。顔に見覚えはないが三十代後半ぐらいか。なぜ自分を呼んでいるのか、まさか誰でもいいわけがないだろうに。なんとなく飲みたくなって湯気の立ち込めたカウンターに忍び込んだ。さっきの女がすり寄ってきて腕をとり笑いかける。この女も気に入って恋人にしてやろうかと、女のグラスに酒を注ぎ、自分もチロリの日本酒をがぶがぶと飲み干した。店の女かと思ったがそうでもなさそうだった。女の腰に手を回し、首筋に唇を押し付けても抗おうとはせず、大口開けて笑い出す。口紅はなぜかどす黒い。女の手を引いたまま気味悪いラビリンスをさまようも物影がない。それにしても街灯が乏しい。女は一言も喋ろうとはせず、右往左往しているうち、再び駅舎の灯がぼんやり見えてきた。

馬鹿でかい駅らしく切符売り場の窓口が十も二十も並んでいる。ヨーロッパのどこか、中国のどこか？　跨線橋もあって多くの線路が走っているターミナルのようだ。ふと気がつくと、女はすでに消えて、あれっと怪しんでいる間に、何番線かの電車に乗り込んでいた。自分は何線の何駅に降りるのかさっぱり不明で、しきりに「どこへ、どこへ？」と胸に繰り返しつつ電車に揺られていた。車窓から街並みも山も海も見えてこない。結局、聖女の島へ行くつもりだったのかと自らを納得させようとする。いつしか子供と化した迷子みたいになってしまった。窓ガラスにしがみつき思わず叫んでいた。

―行きはぐれなんてごめんだ。どこへ行けばいいんだ、誰か教えてくれ！　これじゃ島へ行けつけないじゃないか！　どこへも行けないなんて…。

やはり誰かとどこそこの駅で落ち合い、そこから島へ渡ろうと約束したような気がしてならない。ところが、ひとりぼっちで電車に乗ってしまった。すると、

「遠蛙　はぐれて遠き　家路かな」

いつか句会で詠んだ、天明調の句を口ずさんでいた。行きずりの女や知人たちはどうしたのだ？　なんとももどかしくてならず、鼓動が激しくなり、不整脈みたいな拍動を覚える。

やがて電車は海辺に近づいてきたのか、白々と波打ち際が垣間見えた。まだ夜なのだろう。海面は真っ暗で、その上を飛ぶように走っている。乗客は誰もいない。たった一人でどこかへ向かっているなんてありえない。もう止まってくれと叫びたくなる。どこかの島の灯台なのか、遠くで紅い灯が点ったり消えたりする。波もなく船影などもなく、ただ広漠たる海原の上を飛翔しているばかりなのだ。

なぜか夜空に某大学教授が白板に大書した文字が浮かんだ。

「潜在意識＋宇宙心圏＝夢」

宇宙心圏なんて何だ？　宇宙始原の心象？　そんなのは妄説、虚妄の屁理屈の類じゃないかと反発したくなる。その一方で宇宙を取り入れるのは面白いなとも思ったり…。レールがないのに電車が走っている。一体、どうしたというのだ。自分は車窓にしがみつき、危ない危ないと内心悲鳴を上げ続けて、波立つ水面を見詰めていた。と、警笛が鳴ったのでは…。このままどこかへ衝突するのだろうか。南無三！　誰かと約束したはずなのに何という体たらくだ。聖女か聖母のいる島へ行くつもりじゃなかったのか、これではどこにも辿り着けそうもない。

前方にほの明るい水平線が見えてきた。夜明けなのだろう、誰かの声がする。車掌のアナウンスだ。

―次は極楽島、極楽島ぁ…。

その声が次第に大きくなってくる。極楽なら天女がいるはず、そこでのんびりとうち暮らし、死にたいものだ。やれやれ、やっと島に着いたらしい。助かったと思いきや、いきなりドアが開いた。途端に自分の身体はあっという間に海面に吸い込まれるように…。

「助けてくれ、助けてくれ！」と絶叫していると、肩に翼でも生えたのか、実にゆっくりと軽やかに舞い降りていった。次第に辺りが明るくなり、花咲き乱れる丘で、天女たちが笑い踊っていた。

悋《りん》気《き》病み

男は年上の女と同棲していた。或る日、男が女から貰った万年筆を紛失したと打ち明けたところ、女は新しい女にくれてやったのだろうと言い募った。別の日、枕の置き場所が違うのは新しい女を引き入れたのだろうと責めた。別の日、買い物帰りが遅いのは新しい女と会っていたのだろうと文句を言った。別の日、あちら向きに寝るようになったのは、新しい女ができたのだろうと罵った。

それからひと月後、男は女に今までこれほどの嫉妬邪推に苦しめられたことはないと怒鳴って別れを告げた。

ホーリー　ボックス

山麓の待合所で、治彦《はるひこ》夫婦と男の子の三人が落ち着かない様子で椅子に座っていた。中腹にある安楽センターから小型ケーブルで運ばれてくる物を待っているのだった。それはホーリー　ボックス……。

安楽センターとは、れっきとした国立の施設である。そこを利用するには地元の役所へきちんと申込書を提出しなければならない。氏名、住所、年齢、電話番号はもとより、施行理由、施行希望日時、認定医のサイン、引取人のサインまで正確に記入しなければ認められないという厳しい規定がある。また、美濃紙の説明書に当人は眠りながら何ら苦痛を伴うことなく執行されること、センターが山中にあるのも、引取人がホーリー　ボックスを現場で直接受け取れないシステムになっているのも、当人の決断を敬い、聖化するためであることなど明記されている。

治彦の母親は折本《おりもと》セツ、彼女は息子ができてからすぐに夫が病死したため、長年、書道教室を開いて生計を立ててきた。それも、書道の師匠に恋い焦がれ、彼が陰に陽に後ろ盾となってくれたお陰であった。或る年の春、ひとりの見目麗しい娘が教室の門を叩いた。手筋よろしく上達の早いのに目を留めた師匠は代わって手取り足取りで教え始めた。妻子持ちであったにもかかわらず、彼は娘にすっかりのぼせ上がってしまったのである。セツの嫉妬と落胆とストレスのほどは尋常でありえなかった。それでも、恩ある師匠の面目、矜持を損じまいと耐え忍ぶうち、癌の病魔が彼女の肉体を蝕み始めた。

彼女は意を決して師匠にそれとなく嫌味を吐露したことがあるけれども耳を貸すような男ではなかった。だが結局、惚れた小娘に逃げられてしまった彼はセツからも離れていった。彼女の腸癌の進行は早く、あちこちに転移し、医師からも絶望視され、息子の治彦に余命ひと月もつかどうかと告げられた。それより程なく、セツは枕元に息子を呼び寄せ、覚悟のほどはできている、あなたは立派に証券会社に勤めて幹部候補生、あなたたちに子供も授かったことだし、もはや何も思い残すことはない、安楽センターへ然るべき手続きを取ってほしいと頼み込んだ。彼は妻に辛い胸の内を漏らし、涙ながらに母の意向を受け入れたのである。

当日の黄昏時、治彦らは指示された時刻の十分前に、安楽センターの待合所から出て、仄暗い建物を見上げていた。夕日が丁度、山の端に落ちかかる頃、ケーブルの軋む音がして、ゆっくりとホーリー　ボックスが下りてきた。真白な花に黒いリボンが揺れている。彼はそっと掌を合わせると、頬の雫に陽が光った。

逆爪

或る男が逆爪《さかづめ》に悩まされていた。左手人差し指の端っこに細く余計な爪が生えてくるのである。それが何かに触れると、不快な違和感を覚えるので、特殊の爪切りで切り取るのだが、忘れた頃にまた伸びてくる。そんなことを繰り返してきたのだ。

彼が苦々しく思い起こすこと……何かの折にマズイ言葉、不遜な言葉、無礼な言葉を発してしまい、途端に相手から悲鳴に近い怒声で返された時がある。これはまるで逆爪ではないか……。

相手のヒステリックな反応は当然のことながら、逆爪を切る度にその出来事が蘇ってきて、心奥に微かな痛みが…この罰は墓場までと諦めるしかなかった。

ズズイコ様

あの一夏の出来事は忘れることができません。病弱だった妻を亡くしたせいか心を病み、便利屋の仕事も辞めて静養の旁ら、一人キャンプをしていたのです。愛車をキャンプ場に停め、その奥の渓川のほとりにテントを張りました。夕刻になって水浴びをと川に下りていきましたところ、ほっそりとした女が膝に怪我を負いうずくまっていたのです。

女の脇に腕を入れ、ともかくテントに運び入れ、酒消毒と日本手ぬぐいで傷の応急処置を施しました。聞けば、下山途中で山道を踏み外したとか、北側の何々山へは年に三度ぐらい登るのだというから山女のようでした。その夜は焚火の傍で食事もし、テントに泊めてやりました。

二日後に女はテントを訪ねてきて、お礼にとインスタントもののあれこれ、一升瓶の酒まで担いできたのです。日も暮れかけて、女は水浴びをしたいと言い出し、川で水を掛け合って戯れているうちに、辺りはすっかり暗くなりました。

女はこちらの手を握りしめ「ズズイコ様を拝ませて欲しい」とせがむのです。意外な無心に驚きつつも頷くと、女は清水で陽根を洗い浄め、口に含んだのです。こちらが気を遣ると、淫水も飲み込んだらしく丁寧に礼を述べるのでした。

いかなる素性なのか、三日後に女は再び現れました。夜には焚火の傍でポータブルプレーヤーで好きなタンゴをかけると、女は半裸になって踊りだしたのです。酒に酔っぱらってくると、しなだれかかり、またまた「ズズイコ様を」とせがむのです。夢か現かと酔い痴れた二夜……。それからこちらの病は少しずつ回復していきましたが、翌年、翌々年も女が現れることはありませんでした。あの怪しくも妖しい女は何者なのか、山姥に誑《たぶら》かされたのか、田神のやから、或いは狂女だったのか……。今も耳奥に蘇る囁き声、「医者から余命を告げられたのです。今生のわがままを聞いていただいて、感謝感謝…」

病院が好き

ぼくなんて、生まれなかったほうがよかったと思います。だって、お父さんもお母さんも分からず、ガンになったみなしごなんですから。どうしてぼくを捨てたのですか、どんな事情があって……この世は不公平ですね。どこに神さまなんていらっしゃるのですか？ でも、病院が、入院が施設より好きなんです。やさしい看護師さんがたくさんいて、あれこれと世話してくれるからです。みんなまるで天使のようです。あのニコニコ顔の、きれいな女の人はぼくのお母さんになってほしい。薬ではげた、この頭をなでてくれたり、手をにぎってくれたりされると、うっとりしてしまいます。

もうここから出たくありません。外の世界が、外の人間がこわいのです。ねぇ、先生、ぼくを退院させないでくださいね。このまま死んでもいいんです。そしたら、お母さんに会えるような気がして…。もし病気がなおったら、お願いです、ぼくを眠ったままあの世へ送ってくださいね。これだけはお願いしときます。

野薔薇

私はその頃、しばしばS川へ鮠《はや》釣りに一人で出かけた。二番電車に乗って、最寄駅に着いても、まだ辺りが暗いこともあった。それほど釣りに凝りだしたのは、長く馴染んでいた女が病死したもの寂しさを紛らせたかったのだろう。

或る年の春のこと、浮子釣りで鮠を七、八尾釣り上げたところで、タバコに火をつけようとした時、どこからか仄かに甘い香りが漂ってくるのに気づいた。何気なく上流の方へ眼を向けてみれば、橋の上から一人の娘がこちらを見下ろしていた。

それが脂粉の香りなどでありえず、私は竿を置いて、堤伝いに歩いていった。程なく川のほとりに一叢《ひとむら》の野薔薇が白い花弁をいっぱいつけているのを見つけた。鼻を近づけてみると、やはりそこから匂っていたのだ。

その後も幾度か、橋の上でぼんやり佇んでいる娘を見かけた。一度は背後に寄ってきて呟いた。

——……ほんによう似とる……。

まるで誰か親しい人を失ったかのような陰の籠った語気だった。

切れ長の一重瞼に唇は野花の蕾を想わせた。

S川へ行く度に、その娘に会えるかもしれないと詮無い期待を抱いた。日が経つにつれて、彼女が死別した人の化身のような気がしてきたからだった。だが、ひと月ほどして、あの幻影じみた娘も現れなくなった。

野薔薇の花の咲く頃、毎年同じ場所へ釣りに出かけた。川面には憂い顔がおぼろに浮かんで、甘い微香が流れてきた。

麻太呂

倉大路《くらおおじ》家のヨシさんはともかく、そこの麻太呂《またろ》という男を見かけた人は余りいない。彼が彼女の実子なのか、養子なのかも定かでない。離れもある豪邸の中、彼は母屋二階のベランダに時折、姿を見せるぐらいで、どんぐり目でゲジゲジ眉のいかつい顔付き、図体は大きい方だった。

彼の眼が三つに見えたと、いい加減な噂をたてた近所の主婦がヨシさんのことも女狐みたいだと言いふらしたことがある。それを耳にした別の女が、お前さんこそ女郎みたいじゃないかと言い返したそうだ。五十を超えているのに、ヨシさんはいやに色白で色艶もよく、若い頃はさぞや別嬪だったに違いないというのが専らの評判である。どこやらの華族の末孫が手伝い女を手籠めにしてできた娘だというが当てにはならない。実父は少なからぬ不動産や株を手放していて、先祖は太物商で、代々からの莫大な遺産があるはずだから、二人が食い扶持に困ることはまずなかろうということだった。

ヨシさんが二十代の頃、何人かの男に追いかけられ、倉大路家にはいっとき三、四人の男衆が出入りしていた。というより、居候させたというから、そのうちの誰かがヨシさんを孕ませ、麻太呂が生まれたとか、果ては実父とつるんだという噂が流れた。それ以来なのかどうか、彼女は心臓を悪くして、年に一度は胸痛にのたうち回るという。

麻太呂という名前からして貴公子めいていたから、ちょっとした美点でもあれば近在の名物男になってもおかしくないはずだった。ところが、彼の人となりについての風評は芳しいものではなかった。子供の時分より人見知りが激しく、他人と接したがらず、年頃になっても女を避ける風であった。周辺では、ヨシさんの教育ママぶりや口やかましさが禍したのだろうと憶測したのだが、数少ない友人らの証言によれば、彼は時たま「見たぞ、見てしもうたぞ」とか謎めいた言《げん》を発することがあるとか。彼は一体、何を目撃したというのだろうか。ひょっとして、男出入りの激しかった母親の御乱行のことを指しているのかどうか知る由もない。

とにかく彼は自宅に引きこもりがちで、少年時代には内倉や押し入れへ逃げ込んで、食事時など家人をさんざんてこずらせた。中学をなんとか卒業して名門高校に入ったが、登校拒否とか欠席が多くて二年で退学し、遠縁筋の紹介で大工見習を試みたものの長続きしなかった。続いて大衆食堂の出前をやろうとしたけれども自転車で転倒してから嫌気がさし、織物職人の家で染色の技術でもと挑んだが駄目だった。唯一、画才に恵まれていて、路面に動物のチョーク絵を描きなぐっては近所の子供らに面白がられた。動物画を得意にしたというところにも人間嫌いの一面は現れていたと見るべきだろう。

二十歳過ぎても女友達はできず、娘たちは気味悪がって近づこうとしなかったわけだが、近所の連中はやっぱり近親相姦の祟りだとか、母子相姦云々とかの陰口を囁いたりした。

彼が二十八歳になって、ヨシさんもさすがに放ってはおけず、知人を通じて素封家の娘と二、三人見合いをさせたが、いずれも不調に終わった。彼も三十三歳になり、縁談も諦めかけていたところ、某居酒屋で知り合ったとの触れ込みで、一人の若後家を連れてきた。この女は珠子《たまこ》といい、顔立ちは十人並み以上だったが、要するに阿婆擦れだった。どうして二人は親密になれたのか、周囲の者さえ首をひねった。やがて二人は同棲し始めたのだが、結局のところ金目当ての女だった。ヨシさんは逸早く女の魂胆を見抜いて追い出してしまった。それがため、麻太呂の落胆ぶりは一通りではなく、二日ばかり泣き続けたとか。

その頃から、彼はすっかり打ちひしがれたかの如く屋内に閉じこもるようになった。ヨシさんは何とか立ち直らせようとおだてるやら、窘《たしな》めるやらするのだったが改善の兆しは見られず、せめて食べ物だけはと好物を腹いっぱい食べさせてやるのだった。実際、彼女のしてやれることと言えば、食欲を満たしてやることしかなかったのである。

麻太呂は今までに髪を伸ばしたことがなく、いつぞやヨシさんに「髪は短い方が男らしいよ」と言われたのを真に受けて、いつも坊主頭にしていた。大きな目玉に太い眉毛、小鼻は胡坐をかいたようで、どうかすると舌なめずりする癖があり、口は半開きのままのこともあった。

三十五歳の頃から急に肥え始めた。ヨシさんが食べ物で贅沢三昧させたせいともいえるが、彼女はそのことも気がかりでならず、なるだけ戸外へ連れ出して運動させようと躍起になった。元々人目を厭い、人間を敬遠するようなところがあったので、ますます引っ込み思案になるようだった。せめて手に職でもと目論んだヨシさんは最寄り駅近くの和菓子店で修業させようとしたが、一週間も続かなかった。総じてヨシさんはがみがみと口うるさく、彼を説諭したり、訓育しようとした。すると、彼は例の「見たぞ、見てしもうたぞ」という不思議な呪文を投げ返すのだった。

ヨシさんは思い余った挙句、彼に運転免許を取らせ高級車やオーディオセットを買い与えた。それでも彼はそれらにさほど関心を示さず、一段と太っていった。我が身を人目に晒したくないばかりに、家から出にくくなったのだろう。そこでヨシさんは知人の入れ知恵で、A島にある断食道場へ行くよう説き伏せ、しぶしぶ従った麻太呂は半年ばかりで、見違えるほど痩せて帰ってきたのである。

たいそう喜んだヨシさんは、これを機に方針を変更した。或る日、一階のダイニングキッチンに彼を呼び、このお金は好きなように使ってよいけれども、けっして無駄遣いをせぬようにと繰り返し言い含め、相当額の小遣いを渡した。数日後に彼が買ってきたのは意外なものだった。例えば、ペットの柴犬と黒猫、画材道具一式、動物と昆虫図鑑、それに「金子みすゞ詩集」初版本、童謡のCDなどである。

犬と猫の名は麻太呂から犬にタロ、猫にマロとつけて殊の外愛玩し、せっせとスケッチに励んだ。車で動物園に通い多種の動物を、野山に赴いては草花を描いてきてはヨシさんに見せるようになった。たちまち彼の個室は大小の水彩動物画で溢れんばかりになった。伝え聞いた友人知人はその巧みさに驚き、某新聞社の記者が訪ねてきて記事にしたのが大評判となった。さる画商が紛れもなく天才だと太鼓判を押すに及んで個展開催へと発展した。大都市で三回ほど油彩画、水彩画、スケッチによる動物のほか昆虫、植物を描いた個展が開かれ、著名な美術評論家が「麻太呂の絵はリアルというより味がある。絵はこうでなくては」と評した。お蔭で彼と作品はテレビでも放映され、一躍、稀有の天才画家として祭り上げられるに至った。

よく晴れた連休日、彼は川堤で車を止め、愛犬タロと共に降りてきた。手に捕虫網、肩から虫籠をぶら下げている。日がな一日、蝶を追いかけまわし、叢《くさむら》に這いつくばり天道虫を探して飽くことを知らなかった。時には、あの謎めいた呪文「見たぞ、見てしもうたぞ」と青空に叫んで遊び惚けていた。

抱きたい女

立田龍雄《たつたたつお》は親の遺産に恵まれた艶福家で、初婚再婚再々婚後も浮気に奔《はし》り、すぐさま離婚となった。その後、性懲りもなく素人玄人を問わず手当たり次第に女漁りに励んで千人切りを目指すと豪語した。一種の変態性欲者に近いともいえるが、ただ一つ弱点があった。本当に抱きたい女は心の底から惚れた女だと吐露しながら、いざとなれば一物は奮い立たないのだ。この点について本人は大いに悩み、理解に苦しんだ。彼が五十歳に達してから縁あって、金銀財宝をちらつかせ、人生唯一最後と思われるほどの色っぽい行かず後家と付き合いだした。医者に相談して然るべき強精薬を手に入れておいた。しかしながら、いざ本番となるや、やはり肉棒は物の役に立たなかったのである。彼はベッドで女の膝を掻き抱いて、大泣きに泣いた。程なく自分の姓名を呪いつつ、独り淋しく脳梗塞で逝ったという。

虹へ

遥かな南海へ旅するなんて願ってもないことさ。誰かに誘われたのかって、いや仕事先のグループ旅行だよ。好きな女も一緒だと知って大いに喜んだものだった。今まであれこれとありすぎてね、いいきっかけというべきかな。澄み切った海で思いきり泳いでみたくなったんだ。溢れる陽光の下、熱帯魚と戯れたりしてね。それは僕の夢の一つだった。実際この世は厭わしい事ばかりじゃないか。それこそ海水と同化して冥府へ行っても構わないぐらいだな。長年そんな風に夢見てきたといっていいんだから。

僕の生い立ちって、そりゃひどいもんだ。親父は交通事故で早くにあの世へ、母親は小料理屋の女将となって、某作家の愛人だった。僕を孕んだと知るや、作家は急に母に冷たくなったらしく、母は憤り、絶望した挙句、赤子の僕を産院の前に捨てて行方知れず…そんな捨て子物語を、大変世話になったお坊さんから聞かされた。どうせこの作家とやら、ろくでもない小説を書き散らす女たらしだったんだろうよ。後はお決まりのコース……。養護施設から始まり、窃盗、強盗を繰り返しては少年院送りさ……。でも、この世に捨てる鬼あれば、拾う神もあるもんだな。僕を救ってくれたのは、このお坊さんだった。細い目に微笑顔、いつも手首に水晶の念珠なんかはめていてね、何宗だったかな、松雲寺のセイカイさん。セイはとてもむずかしい漢字で覚えられないけど、カイは海。お寺に私設の保護所をやっていて、そこで優しく育てられ、みっちり勉強もし、好きな漫画とかエッセイ集をいっぱい読み、何かと躾けられたというわけよ。母は僕を捨てたけれど、明けても暮れても会いたい想いは消えなかった。子供みたいに、あんまり寂しがるもんだから、セイカイさんは僕の出生の秘密を知って病院、警察、新聞社その他いろいろ当たって調べてくれたらしい。聞けば彼も孤児で、随分と苦労したという。このお坊さんこそ大海原みたいな心の持ち主、巷の聖人、偉人だなぁ。でも、二十歳を過ぎてるのに、いつまでもセイカイさんに甘えたり頼るわけにはいかないだろ。思い余って相談してみたら、農業法人の「農園ファーム」に紹介してくれたのさ。ありがたやありがたや、ほんに神様仏様と拝みたいほどだった。僕はそこで自然に親しみ、土にまみれて野菜作りに勤しむ、これほど恵まれた暮らしなど想像もできなかったよ。

ファームにはバングラデシュ人など東南アジア人もいれば、僕みたいな、若くて訳あり男女もいる。好きな奴も嫌いな奴、苦手な奴もいるさ。嫉妬、喧嘩、悪戯、意地悪、羨望の鬼になるなんて日常茶飯のこと。とはいえ、おしなべて仲がいい。そのうちに、惚れた腫れたで、好きな女の子ができて当たり前じゃないか。名前は麻世《まよ》ちゃん、笑窪と八重歯がかわいいけど、母のことも思い合わせ、深入りなんかはしないさ。男女の縺れが怖いんだから。

僕が農園にお世話になって五年目の春、経営者の折田《おりた》さんが嬉しいニュースを伝えてくれた。みんなよく働いてくれたんで、お礼のため慰労のため、遥かな南海の島へ招待しようというんだ。ブラボー、拍手喝采！

でも、そんな折も折、ビックリするようなニュースが飛び込んできたんだ。セイカイさんとはあれからも携帯電話で交信は続けていたんだけど、僕の実母、モトウラ　ウナが死んだという……。どうして名前まで分かったんだろう。あの方はほんと超人だな。なんでも海岸に打ち上げられていて、近くになんとあの作家先生も…たぶん心中だろうと、テレビでも報じられたんだって……僕は信じられない。あの作家先生は薄情な女たらしとばかり思い込んでいたからね。母はもちろん男のことや僕のことで大いに悩み苦しみ、トラウマを抱えていたに違いない。ひょっとして捨て子の件で警察に追われていたのかもしれない。とにかく悲しいし、訳が分からない。二人の諍いやら深い悩み、行き詰まった経緯、複雑な関係なんかとても理解できないよ。

僕を捨てざるをえなかった母が遂に命を絶ったなんて……。セイカイさんと電話していて大声で泣いちまった。周りの人がびっくりするぐらいに。あんな大泣きは生まれて初めてだったよ。セイカイさんは優しく慰めてくれてね、またぞろ泣いちまった。それから、せめてホットなニュースでもと、半ば声を詰まらせて、南海の旅のことを漏らしてしまった。すると、セイカイさんは素晴らしいじゃないか、太陽と海と魚と遊んでこい、とまで言ってくれたんだ。

旅の船上では不思議なことばかり起きてね。やはり僕の眼は麻世ちゃんを追っていたんだけど、寝室の部屋割りで秀才肌の男と一緒になった。喋っているうちに分かったのは、彼も彼女を狙っていたとは……僕って、ほんとに女運が悪いなぁ。その彼から、夜七時に船底のホールでダンスパーティーがあると聞いたんで、直前に下りて覗いてみると、なんとその男と麻世ちゃんが、ねちっこく腕を組んでいるのを目撃しちまった。そそくさとデッキに逃れ、ぼんやりと海風に吹かれて、鼻歌を歌っていたもんだよ。

翌日、僕は船の舳先から、爽やかな海風に吹かれて海ばかり眺めていた。目指す島が近づいたのだろうか、エメラルドグリーンの海、青い空と水、眩しい波のきらめき……気がつくと、右手にうっすらと虹が出ていた……いつまでも見飽きることはなかったねぇ。

と突然、眼下にイルカの群れが現れたんだ。船足と競うように、船を威嚇するように何十頭ものイルカが前後して泳いでいる。凄いスピードだなと感嘆しながら見詰めていると、夢か現《うつつ》か、神様が乗り移ったのか、いつの間にやら僕はイルカの背中にまたがって疾走しているじゃないか。驚くべき速さで海に潜ったり、水面で波を蹴散らしながらね、意識が薄れていくようで、恍惚に包まれていくようで……。僕は思わず叫んでいた「浄《きよ》まれ、浄まれ！」とね……。

巨都伝説

ガロン国の首都ハイカーナ市でX年に起きた大事件、それは人工衛星からユニバーステレビに撮影されていた。

当時の政界は保守、革新、折衷、その他の多政党に分裂、思想界、法曹界、教育界などは乱立気味で、世に多論十二派の時代と称された。人口流入が減りつつあるにもかかわらず、二年前にハイカーナ市の東側山地も造成されて、全市がほぼ市街化され、動植物は絶滅したといわれる。次いで地下へ七層から成る生活空間を広げつつあった。そのために使用された、超大型シールドマシンは驚くべき台数に達した。時の市長とその一派は政治生命を賭けて、夢の地下都市建設に向け邁進していたのである。ずっと以前から叫ばれていた、自然破壊をこれ以上進めるなら、大洪水など天罰は免れないだろうとする反対派の抗議は無視された。

ハイカーナは夜を知らない大都市であった。午前零時を過ぎても、空飛ぶ車とか運送ドローンは林立する高層ビル、平均百階建てビル群の間を縦横に飛び交い、それでも衝突しないのは電子機器で完璧に自動制御されているためだ。スポーツ、賭博、映画、演劇、性戯、音楽関連の娯楽施設の他、飲食店など交替制をとり、オールナイトで営業している。別荘を持ち、高級ホテルで人生の大半を過ごす人が多い。

西方の丘陵地は早くに宅地開発され、頂上近くには幾つもの精神病棟が並んでいる。近年、心を病む人の急増が社会問題化して、市の財政をひどく圧迫する事態まで至っているという。特に麻薬と睡眠薬とアルコール依存症患者が全体の七割を占め、次いで癌、鬱病、血管病、精嚢欠陥症、感染症と続いている。一、二の低山を建物群に一変させた大工事に要したメガブルドーザー、クレーン車などの置き場に困り果てた挙句、北側にあった大池の水を抜き、そこを更地に変えてしまった。陸地造成用の重機類を一カ所にまとめたわけである。一方、地下で活動したシールドマシンは地下三階から五階までの区域に収められた。地下陸地を問わず、それらの強靭かつ精巧な機械はすべて中央統御室の然るべきボタンを押せば無人で動き回る。そこはまさに人工頭脳、コンピュータ王国そのものといえた。

さて、五月二十六日、未明のことであった。最初、微震と感じられたのが、いきなり震度八ぐらいに跳ね上がったのである。その数分後、地下にあった重機類、続いて陸上のそれらが一斉に動き出し、あたりかまわず暴れ回り、破壊し始めた。建設機械が暴虐の限りをつくしているとの急報が中央統御室長に送られた。宿酔気味の室長は慌てふためき、宿直だった操作官に怒鳴り散らしたのだが、操作官は驚愕動転のあまり、さらにボタン操作を誤ったのかもしれないという憶測が流れた。

大地震を引金に、あらゆる重機類は、破壊魔の巨獣集団と化していった。都市の地下と陸上の建物、施設も次々と押し潰し、薙ぎ倒していき、暴走したのである。至る所の地面は陥没し、街中のビル群も丘や山麓の病院も倒壊した。たちまち統御室は制御不能に陥り、ビルから飛び降りた人たちが雨霰と落ちてきた。程なく処々に火災が発生し、都市はまるで大戦禍に見舞われたごとく破壊しつくされ、煙火と粉塵舞い上がる中燃え尽きてしまった。死者の数は未だに分かっていない。

その夜の満月は泣いた。首都ハイカーナは地獄絵図さながら壊滅していったのである。当局のその後の調査報告書によれば、主原因は巨大地震によるＩＴ機械装置の故障・誤作動のためだとしているが、もう一つの可能性として、担当操作官は厄介な家族問題を抱えていて、ひそかに麻薬に手を出し、精神障害に苦しんでいたので、地震に乗じて咄嗟に自殺を図ったのではないかという疑いも捨てきれない、と付記されている。

なお最近になって、某作家が仮想敵国のサイバー攻撃による謀略説を唱えた。また天才科学者の一人は「ＩＴ技術が人間を超える時こそ怖ろしい。ＩＴ武器のみならずＩＴ情報も国を、世界をも滅ぼしかねない。今や究極の叡智が試されているのだ」と述べた。

夜が怖《こわ》い

子供の頃から夜が怖くなったのは、毎晩のように両親が喧嘩するからでした。高校生になってから諍いはひどくなるばかりで、とうとう父は帰宅しなくなったのです。母の説明では、父は女にだらしなく、外に女を作ったからだとか。

ぼくの方は不器用で本好きの、暗い性格のせいか学校でいじめられ、嫌でたまらず休む日が多くなりました。父は大手商社の重役で別会社も持ち、山手に山荘があります。気晴らしにと言って、母はよくぼくを山荘に誘ってくれました。

それは嵐の夜でした。山荘でお互い暴風の音に怯えて、ベッドで抱き合っているうちに一線を越えてしまったのです。それからというもの、しばしば母子は慰め合い、つるみ合いました。母は父への復讐のつもりだと弁解したりして、とにかく気性の激しい人でした。

ところが、或る日、母は身籠った、バチがあたった、と打ち明け、なんと山荘近くの林の中で首を吊ったのです。ますますぼくは夜が怖くなり、ひとりで寝るなど、とうてい耐えられるものではありません。ぼくも母と同じ樹で……。Xデーは十七歳の誕生日に……

神様、どうかこんなぼくのことを哀れみ許してください。

時治《ときはる》

―五月十一日　午前二時三十六分

針千本

洋菓子製造会社の社員旅行で、日本海沿いにある湖畔の某温泉地へ行った夜のことである。宴会もお開きとなり、私はほろ酔い気分のまま独り玄関ホールでテレビを観ていた。人の気配がして振り向くと、

―ねぇ、スナックでゲームでもしない？

社員ではない、この若い女はいったい誰、目元に黒子のある女…ああ、宿のお手伝いさんかと気づいた。大胆にもフランクな女だなと好奇心を煽られ、男心もくすぐられ頷いてしまった。二人はそそくさと玄関を出て、女に案内されるまま、とあるスナックに入った。行きつけの店らしく、カラオケに合わせて腕を組み、チークダンスをさせられ、ママさんに気安くダイスを持ってこさせては、或る種の双六みたいなゲームにうち興じた。ピンク色のカクテルを注文した女はきゃっきゃっはしゃぎながら楽しんだようだし、勘定も女持ちだったので、なおさら意外な気がしてならなかった。

店を出て、暗い夜道に差し掛かるや、女は腕に手を回してきて、

―ねぇ、キスして！

と、せがんだ。ぎこちなく唇を合わせ、やがて二人は湖畔のベンチに腰を下ろした。膝枕に微酔も心地よく、ついどこの出身で、家族のことなど聞き出そうと半身を起こしかけ

た。すると女は人差し指を口に当て、

—私のこと何も聞かないで。実は私のタイプなの。今夜のことはヒ・ミ・ツ。約束してね。

この小指ちゃんで…。

　こちらも小指を差し出すと、

—指切りげんまん、針千本、フフッ。

ポポちゃん

独居老人の惣介《そうすけ》は、テレビばかり観て、一日中喋る機会が無い身を憂い、猫でも飼いたくなった。梲《うだつ》のあがらない小役人だったが、妻を子宮癌で亡くし、一人息子はドイツの地方交響楽団でチェロを弾いている。

数少ない知人にそのことを伝えおき、ペット保護センターに斡旋を申し込んだ処、一人暮らしの高齢者はダメだと断られてしまった。そうこうするうち、町内放送で耳寄りな情報が流された。三毛の迷い猫を町会長宅で保護している、心当たりの方は云々と。ひと月ほどしてから、惣介は町会長へ電話して、迷い猫はどうなったのかと確かめてみた。未だに飼い主は現れていないという。ならば、拙宅で引き取ってもよいかというと、やむなしとのことで運良く飼猫にありついた。

迷い猫の首輪に鈴が付いている。「お前はどうして家出をしたんだ？」などと声かけながら頭や顎を撫でてやった。子供の時分にポポと名付けた迷い猫を飼っていたので同じ名前にして、ペット屋で便器その他の一式を買いそろえ、夜昼となく愛玩した。

ポポはもはや若くない。十三歳を超えているのではないかと推定した。猫じゃらしを振り回しても、本能の赴くままにけっこう戯れるのだが、毛の艶とか瞳の澄み具合が今一つだから老いの兆しは紛れもない。我も汝も老いの坂、とそぞろ哀れを催した。寝る時は同じ布団で眠るようにしてやり、外に出たがれば、夜中でも玄関の戸を開けたままにするので、どこやらで大喧嘩して傷だらけで戻ってくることがある。

それから一年半ぐらい経ち、金木犀の匂う頃、惣介は真夜中の物音に気づいて台所を覗いてみた処、ポポが円形のゴミ箱を開け食い物を漁っていたのである。これを目撃した彼は手を振り挙げ、ひどく怒る素振りを見せたものの、ポポはその後も残飯漁りをやめなかった。それどころか、しきりに家の外へ出たがり、悲痛な声で鳴くのだった。近所の老婆がポポの様子はなんとなくおかしいと言い出し、それに痩せてきたのではという噂まで広まった。

実は老人に痴呆症状が出始め、餌やりを忘れることがあり、そのためポポの空腹感が募り、異常行動を起こしたのである。

或る日のこと、坊主頭の町会長が一人の中年男を連れて訪ねてきた。仕事中に近隣の噂を聞きつけたのは実際の飼い主だった。男は隣町の大工で、ポポを掻き抱き、小鈴をつまぐって再会に咽《むせ》んだ。町会長が事情説明を熱っぽく繰り返し、説得しようとしているのに、背を屈めた老人は訳も分からぬという表情のまま立ちつくしていた。

或る世界宣言

世界政府は、某年一月吉日、次のように取り決め発表した。

一、今後も、各国は平和維持のため、共生共存思想を徹底させること。いかなる兵器によるものであれ、戦争は一切禁ずること。紛争の解決策として、歌、踊り、スポーツ、演劇で競うことが望ましいこと。但し、敗者は勝者に対し、政府の定めるところにより、然るべき賠償をしなければならない。

二、人類は自然を敵に回すような一切の行為を、国であれ企業であれ禁止する。そのためには、脱二酸化炭素ガス、脱プラスチックに向けてエネルギー革命を成し遂げ、新機軸の機械を開発し、資源、動力、利用の好循環社会を実現し、逸早く地球温暖化を阻止しなければならない。もしその壮大な試みに失敗するならば、人類は遠からず地獄の底に突き落とされるだろう。

三、肉偏重の食生活を見直し、食品ロスを最小限にとどめ、海水から飲料水に転換、農園経営に多数の若者を投入できるよう、あらゆる施策を講ずる。

四、雑婚を認めること。子供は親を選ぶことができること。生まれた子供は政府の責任により公的機関で完全保育され、個人ナンバーが付され、実の親はいつでも会うことができる。この子にいささかの差別も許されない。

五、国会議員並びに市町村議員の男女比はほぼ同等とすること。何よりも政治家たる者は民主主義の毒を排し、寛容の精神を重んじなければならない。
六、自然破壊を禁ずること。荒蕪地と砂漠の緑化など自然再生に努めること。土木工事は政府の認める、必要最小限度で実施されるべきこと。違反する者は厳罰に処する。
七、初婚に限り、公費で新婚宇宙旅行へ行くことができる。
八、月移住と火星移住希望者の締め切りは本年十二月末。人口減は分身ロボットで補充していくが、その場合は国の役所にその旨、申請登録すること。
九、男性のみで子供を作りたい者、女性のみで子供が欲しい者は所轄の役所に申し込みをしなければならない。
十、その他の細則、新たな案件、決定事項は随時、更新され、追加されるものとする。

この発表に基づき、各国首脳が京都に集結、総会で確認され、新たに巨大災害対策隊の新設が提案された。翌日は豪華客船で琵琶湖運河を経て日本海へ出、盛大な祝賀会が催され、航空アクロバットショーが首脳らの眼を楽しませた。

秘儀

お寺の正門をくぐれば、槇《まき》の生垣が続き、本堂の前庭は白砂となっている。少年は砂の擂鉢穴に小砂をばらまいて、底から飛び出す大顎を待ち構える。アリジゴクの罠だ。殺戮者が砂鉄砲を放った瞬間、そいつを穿《ほじく》り出して、次々と踏み潰していった。その死骸を穴に埋めて墓にしてしまうのだった。

風の便りに、日本軍はアッツ島やテニアン島、サイパン島、グァム島で玉砕したという、父も虫けらさながらに。少年は擂鉢穴を漁りつつ青空を仰いで溜息をついた。昨日、結核を病んでいた姉も痩せさらばえて逝った。

少年は雲の峰に機影を追い、木洩れ日を浴びて森をさまよった。河原に出て、水切りにかまけ、小石は落日に飲まれ続けた。その夜、彼の眼は星二つ舐《な》めた。

画学生の嘆き

一人の画学生がさる都会をスケッチしようとやって来た。ところが、要所要所を一巡りして、すぐに絵筆を投げ出してしまった。曰く「日本の都会はなんと薄汚いのだ。雑然としているのはやむを得ないとしても、電線電柱が多すぎ、全体として或る共通した雰囲気も陰影にも乏しい。ビルや街路、店舗のデザインも繊細とは言い難い。これでは画欲をそそらないではないか。薄汚さの中にも特殊の美観がなければならない。どこだって自然が美しいのは当たり前だ。都会が美しくてこそ美しい国といえるのではないのか。早く画家の絵心を揺さぶる国に築きなおしてほしい」と。

天使は雲に乗って

カナヤ動物園で象やイルカ、鷹のショーは大変な人気です。土日ともなれば、遠くから近くから、大勢のお客さんが見物にやってきます。

或る夏の夜のことでした。背中に翼があり、黄金の冠を被り、銀色の服を着た天使が雲に乗って舞い降りてきたのです。人間の眼には見えません。

象の檻の前に来て、

―象さん、象さん、お元気ですか？　おやすみのところごめんなさいね。

―ううん、あんまり元気がないよ、夏バテかな。それよりね、ひとつ、お願いがあるんだ。

―それはなぁに？

―あのね、近頃つくづく思うんだけど、そろそろ遠い故郷へ帰りたいと。父さん、母さん、姉さんにも会いたいしね。

―えっ、ふるさとへ……。

―うん、この動物園にも長い間ご奉仕してきたからね。

―それもそうね。長い間ご苦労さま。

天使は神様のお使い、時々訪ねてきては、動物たちの様子を確かめにくるのです。

―天使様のお力で何とかならないものかね？　ほかの仲間たちだって同じだと思うよ。―

度聞いてみてごらん。

　そこで天使はライオン始め、オランウータン、キリン、カバ、キツネ、フラミンゴ、オウムたちにも順々に聞いて回りました。すると、やはり一番多かったのは、

—こんな狭苦しい所にいつまでも閉じ込められているのは嫌だ。飼育員さんは優しくしてくれるけど、広い自然の中でもっと自由に遊びたい。それに、もっと好きなものを食べたいよ。自分だけがこんな所に連れてこられて、なんて運が悪いんだろう。

　という嘆きの声だったのです。親兄弟に会いたいというのはもちろん、我が子とも無理矢理引き裂かれたと泣きだす動物もいました。そこで天使は何とか助けたいものだと、天に帰り神様に訴えてみたのです。

　哀れな動物たちの苦情を深くうなずいて聞いていた神様は、

—みんな外へ出してやりたいのはやまやまだけど、人間様にはかなわないからねぇ。それじゃぁ、いい考えがある。こうしたらどうだろう。

　そこで神様の名案とは……

—それはこうだよ。魔法の力で動物たちをうんと小さくして、魔法の袋に入れるんだ。そいつをそれぞれの故郷へ運んで元の姿に戻してやる。つまり運ぶ時だけ小さくするのだな。天使の配達屋さん、それこそお前の役目だぞ。人間様のわがままを許してやろうじゃないか。これからも、子供たちをうんと楽しませてやりたいからね。

—だったら動物たち、そのまま逃げださないかしら？

—そこが魔法の力なんだよ。

と言って、神様は天使にキラキラする袋をたくさん渡しました。それから、天使は動物たちを分けてその袋に入れ、紫の雲に乗ってせっせと運んだとさ。もの凄い速さで、或る時はアフリカへ、また或る時はオーストラリア、ニューギニアへとね……。

真夜中のノック

あいつに付け狙われているなんて……質《たち》の悪い子供。最初のうちはとても優しくしてくれて、二人で飲んでは、私のアパートで何度か寝たことがあります。けれど、あいつの正体はとんでもないやきもち焼きで乱暴者でした。ちょっとでも気にくわないことや思い通りにならないと、怒り出し殴りだすのです。つくづく嫌になり、別れを宣告しました。と、お決まりの嫌がらせ、真夜中のノックを始めたのです。哀れで陰険なストーカー！　なんということでしょう。私はベッドで横になったまま友達に電話をかけ泣き言を言い募り、今度はどこどこへ夜逃げするつもりだとくどくどと打ち明けたのです。そこで彼女から教えてもらったSD（シークレットデリバリー）に頼ることにしました。

ところが、転居先に又もや真夜中のノックが……。私は仰天し、心底恐ろしくなりました。一体どうして？　或る時、某テレビ番組を観ていて、ハッと気づいたことがあります。もしやあのアパートでベッドの傍にあったソケットの中に……。

私はもう一度、SDにSOSを。これから警察と弁護士にも相談しなければなりません。ああ、これも人生の落とし穴ですね。毎晩毎晩、夜中のノックに怯える日々……。どなたか名案を授けて下さい。

トゲ男

その男には何本もトゲが生えていました。幼少期に母がいなかったせいかと伝えられています。最初の女と出会ったときは、トゲもさほど硬くはなく、女が手で払えば折れてしまうほどでした。二番目の女は勁《つよ》い性分で、男のトゲは次第に強くなっていきました。三番目の女とはとりわけ相性が悪く、喧嘩をしては相手を傷つけてばかりでした。男はいたく反省し、トゲを切ったり削ったりするのですが、しばらくすると、また生えてくるのです。それではと、坂を転げ落ちたり、劇薬を塗ったりと荒療治を試みたものの、前よりも更に強いトゲが再生してくる始末です。四番目の女はトゲを全部ナイフで切り取ろうとしたので、男は逆上して女を殺してしまいました。そのため、男は長い間牢獄に閉じ込められたのです。周りの人を一層怒らせ、すっかり嫌われてしまいました。男は絶望して山奥に籠りました。或る日、またまた五番目の女が現れたのです。奇妙なことに、女は来る日も来る日も男を抱いて、舐めたりさすったり繰り返すのです。トゲで血だらけになりながらも、そんなことをやめませんでした。いつの間にやら男のトゲは無くなり、体も小さくなっていき、しまいには赤子のようになってしまいました。女は赤子を抱きしめたまま、今も眠り続けているとか。その女こそ実の母ではないかとささやかれていますが、真相は謎のままなのです。

蝶の文《ふみ》

和泉健一郎《いずみけんいちろう》がアサギマダラの神秘と凄さを聞かされたのは高校時代で、生物の教師からである。この蝶々が日本列島を何千キロも行き交うなんて信じられぬことだった。大学に入り、図書館で参考資料を漁り、ますます興味をそそられた。

アサギマダラは鱗翅目タテハチョウ科マダラチョウ亜科。雄は夏の高原でヒヨドリ花から吸蜜して、ピロリジジンアルカロイドを取り入れ、フェロモンに変換、雌を引き寄せる。秋には本州中部よりサシバと同じようなルートを通り、九州や沖縄まで南下するという。更に、レターオブバタフライ、略してLOBなる愛好会があり、捕らえた蝶にマーキングして、そいつが遠方で捕らえられると、相互の情報交換が可能だ、と某新聞紙上で知ってから直ちに入会した。無論、自身の登録番号も入力しておいた。

健一郎は父親に育てられた一人っ子で、無口な上、内向性が強く、淋しがり屋、切手のコレクターとなれても、女友達さえできなかった。左官工の見習いとして、ようやく町の工務店に就職できたものの、引き籠りがちな生活が続いた。常々父親にも忠告されていたし、何とか現状に風穴を開けねばとあれこれ悩み、考えあぐねていた。

或る夏の休日、彼は参考書を基に、ヤマヒヨドリやヨツバヒヨドリの自生するという、千メートル級の名高い山の観光道路へ車を走らせた。アサギマダラを捕虫網で捕らえ、その翅に油性ペンでマーキングするためである。頂上近くの自然公園で三匹確保、二枚の翅の白い部分に日付と場所と自分の登録番号を記し、大空に放った。（どうか会員の誰かに捕らえられ、連絡がきますように）と祈りながら。

それからひと月ふた月と、待ちに待った。毎日スマホとネットのチェックを怠ることはなかった。もし南方にいるＬＯＢの会員が彼のマーキングした蝶をつかまえたなら、逆探知で彼の方へ連絡がくるはずだ。健一郎は毎年同じ試みをし、辛抱強く待った。

三年目の秋のこと、ひとりの女性からスマホに反応があった。意外にも予想していた九州ではなく、沖縄のＫ島からで、タカエスミホと名乗るアサギマダラのファンだとか。彼は感激のあまりどもりながら、次々と質問を放った。

それ以来、何度か交信してミホの家族のことがおぼろげながら分かってきた。彼女の父親は民宿を経営し、素潜り漁が得意なこと、彼女の母は病没したので、一人の兄と家業の手伝いをしていることなどである。

彼は蝶の簡略通信が同好の人に届いた奇縁を大事にしたいと痛切に想い、折々に交信を重ねた。それにしても、彼女の方言丸出しの言葉遣いは魅力的だった。彼が今まで耳にしたこともない内容に満ちていて、離島の詩人だと感じ入った。

ミホは島生活に密着した青の世界を強調し、ニライカナイに触れたのである。繰り返し海の青、空の青を讃え、海の彼方の神を、ユートピアを謳うのだった。ぜひ島唄を聞きに来てほしいとまで付け加えた。

南国の話は彼の関心をいたく刺激し、想像力を掻き立てられた。あれこれと煩悶の末に、彼は今こそ目眩《めくるめ》く別世界へ、アサギマダラのような勇気をもって、蛹から羽化し、K島へ飛び立とうと決意した。収集した切手をすべて売り飛ばし、今のうちに移住し、別人生へ飛躍しようと……。彼はアサギマダラの写真集をめくりながら呟いた「僕も脱皮せねば…これぞ人生革命だ」と。

あの方に何度も説き伏せ、押しとどめようとしました。金色にきらめく四本の尖塔と青黒い十字架のそそり立つ城館へ近づいてはなりませぬ。お気持ちはわからぬではありませぬが、必ずや後悔なされます故にと。それでも、あの方、あの蒼ざめた貴公子は日夜、懊悩して狂おしくおなりになり、到頭、或る満月の夜に剣も携えず馬で出かけられたのです。その女人こそこの世ならざる佳人…恰も遠い火の如く、あるいは白刃の如く冷ややかに輝くお姿と申しましょうか…いくらお諫《いさ》めしましても無駄でした。あの方はその館の奥の間へ忍び参られたのです。

明くる日に、あの方は狂い死にされたとか、無残なお姿となってどこやらの河原に……。神ながらの美女は敬して眺めるもの、けっして近づいてはなりませぬ。常の方ならずとも、遠からず儚《はかな》くなってしまわれましょうから。

著者プロフィール

佐々木 国広（ささき くにひろ）

1938年大阪市生まれ。

元毎日新聞社勤務。元大阪芸術大学講師。

短編小説「乳母車の記憶」で第10回北日本文学賞（井上靖選）、「バトンダンス」で第1回神戸エルマール文学賞受賞。「赤い月夜に」で第8回銀華文学賞佳作。

『文学界』に「猫の首」、『すばる』に「紫陽花」発表。同人誌『半獣神』『たまゆら』創刊。

短編小説集『朱の季節』『愚庵記』『藪の女』『シクラの蜜』『蕪村伝』『バトンダンス』『風の戯れ』ほか計17冊。句集に『桃源』『阿修羅』『恋螢』『玄黄』『青嵐』。

滋賀県東近江市在住。

短話抄　―或る文人の夢想譚―

2024年2月15日　初版第1刷発行

著　者　佐々木 国広
発行者　瓜谷 綱延
発行所　株式会社文芸社
〒160-0022　東京都新宿区新宿1－10－1
電話　03-5369-3060（代表）
03-5369-2299（販売）

印　刷　株式会社文芸社
製本所　株式会社MOTOMURA

ISBN978-4-286-24876-9